KB168265

고요를 묻다

고요를 묻다

발행일 초판초쇄 2024년 2월 13일 | **지은이** 박현태 | **펴낸곳** 토담미디어 | **펴낸이** 홍순창 | **주소** 서울 종로구 돈화문로 94[와룡동] 동원빌딩 302호 | **전화** 02—2271—3335 | **팩스** 0505—365—7845 | **이메일** chalkack@gmail.com | **출판등록** 제300—2013—111호[2003년 8월 23일]
ISBN 979—11—6249—151—5 | 이 책의 국립중앙도서관 출판예정도서목록[CIP]은 서지정보유통지원시스템 홈페이지[http://seoji.nl.go.kr]에서 이용하실 수 있습니다. | Copyright ⓒ2024 박현태 | 저작권자와의 협의에 따라 인지는 생략하였습니다.

이 책은 저작권자와 토담미디어의 독점계약에 의해 출간되었으므로 무단전재와 무단복제를 금합니다. 잘못 만들어진 책은 구입하신 서점에서 바꿔드립니다. 정가는 뒤표지에 있습니다.

책 읽는 놀이터 **토담미디어** www.todammedia.com

고요를 묻다

박현태 시집

다시, 첫 시집이고 싶다.
한 번 더 그런 설레임에 들뜨고 싶다.

누구에게 한 통의 손 편지이고 싶다.

아무 것도 해놓은 것도, 하는 일도 없는데
세월은
놀고먹는 자에게도 공평하게 찾아온다.

소거消去의 일상
토 달아 군소리한들 대수겠는가!

내게서 지워져가는 세연世緣 또 한 번
시라는 이름으로 붙잡아 본다.

차례

1부

삶이란

이 꼴 저 꼴
별 꼴 다 보고 살아야
남는 장사다

가장자리에 걸터앉아
설까 말까 한다.

봄볕에 빨아 널다

포동포동
살찐 분홍 햇살들
초록 풀밭에 뒹굴며 논다

장난을 걸고 싶은
바람이 어디서 묻어 왔는지
짙은 꽃 향 흩뿌리며
넋 놓은 노안의 희부염에
촐랑거리는 봄볕

이 참에
세속 절은 마음
탁탁 털어 넌다.

고요를 묻다

눈 내리네

실로폰 소리를 내는 가지들
음표들을 조율하느라
조용조용 옮겨 앉는
눈발

하얀 어둠이 내려앉으며
천지가 고요 속에 묻히네.

같은 생각

저무는 저녁답에 비 옵니다
나는 빗소리가 좋아요

나도요
왜요
그냥요

마음이
꼭 같아질 때
사랑하면 됩디다.

소설한 계절

입추 들자 바람 불고 단풍 지네
잎들 지상에 되돌아가 흙이 되려네

눈이 내릴라치면 동면 들겠네
산다는 게 한층 더 시답잖게 여겨지네

까마득 뚫려 있는 천공 우러러 살피네
숲이 제 수족 털어내려 몸 떠네

벼린 칼날 같은 바람 맞서서
한 판 겨루네

아침엔
밤새도록 떨어져 내린 숱한 단풍잎들이
별빛 멍석이듯이 수북 수북이 깔려지겠네.

낡은 선풍기

녹슨 버튼을 눌러 좌회전 우회전 시킨다
풍향이 안 맞아서 속이 터지고
풍속이 어정거려서 울화가 치민다

삼복 내내 더위를 사이 두고 씨름 중
소나기 한 줄금 쏟아진다
가을 들자 부려먹을 대로 부려 먹고
전기코드를 쏙 잡아 빼버린다

측은할 때도 가끔 있기는 있다
풍파에 찌던 몰골이 말이 아니다
너무 오래 힘든 노동을 감내한 연유로
뼈대만 앙상하여 불쌍하다

불지 않는 바람은 바람이 아니라
그냥 공기일 뿐이다

한 번 대적해보면 바람만큼 말썽꾸러긴
세상에 없음을 알게 한다
쳐다보면 볼수록 도리뱅뱅이로 늙어가는
내 생애같이 애처롭다.

계단 오르기

마음 푸르른 아침
이 참에 계단 오르기한다

모든 오름은 힘찬 일이다
숨 참는 층계마다 곱빼기가 된다

휘어지고 구불고 비탈진 층계참에서— 잠시
인생을 쉰다

이런들 저런들 곱씹으며
종아리 알통 통통해지도록
오르고 또, 오른다.

바다 곁에 앉아

바닷가 모래톱에
詩, 라고 쓴다
파도가 와서 싹 지운다
또 쓴다
또 지운다
바람 계속해서 분다

해가
설핏 저문다
이제
나도 가야겠다.

세월에 대놓고

세월 코앞에다 대놓고 하고 싶은 말한다.
시간은 누구에게든 네 뜻대로 해라 않는다.
어떠한 삶에게도 편들지 않으면서 일정하다.
너에게는 빠르게 나에게는 천천히가 아니다.
바람이나 햇빛처럼 변덕스럽지도 아니 한다.
모든 삶에 가장 공평한 것이 오가는 세월이다.
팔자는 어차피 내 품에서 절대 내빼지 못 한다.
욕심만큼 인생을 다 채우기에는 한참 부족하다.
보험사에서도 외면하는 나이에 세월타령 말자.

시계불알에 매달린 시간

땡—
친다
시계추가
쉬지 않고 똑딱똑딱 한다

망각증을 앓는 내게
때 알려주려
잠 안 자고
달랑 달랑 달랑
알불알을 흔들어 댄다.

눈치로 보는 풍경

보이지 않는 것을 보는 게 눈치다

어제 밤 폭우가 쏟아진 뒤 상류에서 무슨 짓을 당했는지
여울목에 다다른 강물이 선지빛이다

여기부터 인간의 도시 가운데를 가로질러야 하느니
떼거지로 몰려다니는 사람들이 곧추 선 눈으로 쳐다볼 텐데

어디 그들뿐이랴
열불 난 하늘에서 내리 퍼붓는 노을빛도
한 수 보탤 터인데

천천히 저무는 세상의 풍경들
기적같이 보내진 소싯적 꿈들이 아쉬운 듯 손 흔들어 댄다.

대중없이 흐르는

내 육신은 눈물독인가

오늘은 한눈 팔지 않았다
그냥 쏘다녔다
내가 태어나던 그 순간은 기억에도 없다

아무 잘못도
아무 해꼬지도 안 했는데
매운 반찬 앞에서 한 눈물 투둑 떨어진다

달은 언제 뜰라나 몰라!
내 안의 적막이 습자지에 먹물 번지듯
얼룩덜룩 한다.

심산유곡 폭포

골 깊은

폭

포

쏴아 쏴아 쏴아

산이 가랑이를 쫙 벌리고

오줌 싸듯

세차게

쏟

아

내

고

있다.

늙은 손

생각해보니 손이 나를 먹여 살렸다
삶의 가시 발라내던 손톱들이 갈라졌다

손등 위 흐르는 긴 강물이 깊고 푸르다
굵은 핏줄들이 쭈그러진 껍질 밑에 골골한다

인생살이란 게 손을 거쳐 가지 않는 게
더러는 있겠지만
바닥에 엎드려 지은 죄 사해달라고 신 앞에
부복하여 비빈 읍소도 두 손이 다 맡았다

굽은 마디마다 비틀고 앉은 몰골이 엄험하다
나를 애탕가탕 먹여 살려준 엄마 같다.

찬바람 앞에서

언 땅 비집고 수나무 돌기가 삐쭉이 튀어나오려 한다
멀찍이 암나무 한 그루 홀랑 벗은 몸으로
멀뚱멀뚱 서 있다
삐삐 마른 내 가슴 밑을 자꾸 들추며
들락이는 매운바람
이사를 가야 하나
눈은 이미 수북이 내려 쌓고
더께로 얹히는 빙점들
발등 타고 사타구니로 기어오를 즈음
쓸모없다고 내다버린 빨강 털모자가 그리워진다
어쩔 수 없이 떠나보내야 했다손 치더라도 미안타
가지마다 벙그는 설화들
아직 식전인데도 배통이 불룩하게 부푼다

새들은
왜! 저토록 즐거운지 포르락 포르락 쩍쩍인다

날숨이 비릿해진다
나야말로 무슨 염치로 이닥 찬바람 앞에 한갓지게
멀뚱한 저들을 쳐다보고 있는가!
이 멀쩡한 숲길에 어지러운 발자욱들 찍고 있는가!

청자

빼꼼한 거실에 상감청자 한 점 모셔둔다
슬프도록 고인 하늘빛이 참 고스란하다
저 푸르름이 다시 흙으로 돌아가고 싶어서일까
사바세계와 극락세계가 이어지는 구름다리 같다

내 삶의 무게가 무거워질수록 두고 못 보겠는지
그윽한 눈길로 쳐다보는 애처로움이 퍽이나 깊다
한층 더 해맑아지는 거실 다소곳이 담는다.

산정에서 만난 봄

나무들 몸 속 진액을 토해내어 잎을 만드네

멀리서 부는 바람결을 보니
온 산이 초록 치마를 둘러 입고 춤추듯 하네

세월의 코에
코뚜레를 꿰어 큰 청바위에 매어두고 싶네

늙음이란 몸만이 아닌
마음도 함께 빼빼해 가야 마땅한 건데
봄 오자
가슴에 물오르네

세상천지가 봄 봄 봄 칠갑이네.

가을 달

단풍지는 숲길을 심심찮게 걷다가
장난삼아 지나가는 세월을 불러 세웠다
자넨 어째서 그리도 발걸음이 가벼운가?
답 않고
하늘을 가리킨다

산등을 너머 가는 석양의 뒤태가 퍽 날렵하다
어느새 소스라치게 잠입한 가을 어스름
보름달 뜬다
나는 달이 좋다
아내 살았다면
달덩이 같은 딸 하나 낳고 싶다.

묻고 답하다

잎 진 나무는 노래하지 않는다.

아득바득 살아내야 살맛이 난다.

돌아보면 영문 모를 것 수두룩하다.

만사가 막막해질 때 사려 깊어진다.

쉽게 묻고 어렵게 답하는 게 생이다.

소싯적 편지

편지봉투를 열자 나붓이 기어 나오는 소싯적 사랑들
내용이야 있다가 볼 셈치고 얼른 가슴 속에 포시랍게
껴안으니 미처 다독이지 못한 추억들이 고스란하게
해작대는 헤픈 짓들을
빼꼼한 창틈으로 야시시한 달빛이 커닝하듯 엿보네
더는 두고 못 보겠네
니들과는 저승까지도 동행해야만 하겠네.

다 늙어 길을 묻다

잘 못 들어섰거나
너무 깊이 들어 왔거나
여태 헤매며 갈팡질팡하거나
돌연스레 깜짝깜짝 놀라게 되거나
늘상 걸어 온 길을 새삼스러워 하거나
과거에 들이대 투덜대거나 자랑질하거나
제 성깔 못 참고 피나게 맞짱 한 번 뜨자거나
고기 덩어리이듯 살아 있어도 허투루가 아니거나
끝이 코앞인 인생길 어떻고 저떻고 주접 떨거나
이제 부터라도 암팡지게 한번 웃통 벗고 붙자는 것.

노선老船의 기항

배 위에 실린 바다가 산만큼 부푼다
수 삼 년 떠돈 대양을 넘치도록 싣고
고래등 같은 파도 타고 뭍으로 기어온다

어슴푸레한 부둣가에 늙은 아내 우두컨 한다
시선이 불시착하는 부두 불빛 가로로만 서 있다
내일 아침 어시장엔 남극바다가 경매물로 나오겠다

늙은 사공 막 대하지 말라
한 많고 설움 많은 풍파와 싸워
안 죽고 이겨 냈느니.

그리고 그래도 가보자

잎 진다
투둑 투둑 지천으로 채인다
스치는 바람결 같은 게 인연이란 것이다
반 푼어치도 안되는 삶 어지간히 간곡하다
거기 서 있는 뜻을 지나친 후에야 알게 된다
거두지 못한 것들 모두 오래된 숙제로 둔다

그래서, 그리고, 그래도 가보자.

허위 허위 허위

창공이 비질 당한 절간 뜨락 같다
툭 치면 쭈르르 흐를 눈물 같다
찬바람 웅크린 밤이 얼음장 같다
세상 온갖 먼지들 치렁치렁 매단
바짓가랑이 허리춤에 걸어 부치고
허우적 허우적 걸어서 집에 온다

생대같이 싱싱한 것들 쓸어 모아
시퍼런 허공 속에 패대기친다
더 넓고
더 큰 세계가 눈앞에 멀쩡하다.

없는 듯 살아내기

없는 듯 사는 것도 죽은 듯보다 낫다
아예 없어봐라 기억이나 해주겠느냐
세연世緣이란 바람결 같은 거
풀꽃은
맨바닥에 피어나도 흙보다 아름답다
백 년 인생
팔자타령에 매달리어 간당간당 한다.

눈사람 되다

하얀 나비 날개 같은 눈꽃들이 쏟아지고 있네요
한 닢은 벗은 가지에 앉고
한 줌은 길 위에 서성이네요
시인의 의자같이 구부정한 언덕받이
우두커니 눈사람 되네요.

야화夜話를 짚어보네

늦가을 비 오네
추적추적 하염없이 내리네
이 비 그치면 그새 겨울 들겠네
눈이 푹푹 오거들랑 고향 생각나겠네
언 바람 빈 들판을 질러서 사립문을 비집고
너덜거리는 문풍지 입에 물고 깡파람 들겠네
두런두런 나누는 옛 이야기 퍽 재미지겠네
동지 지나 눈썹 휘날리듯 설날이 되겠네
머잖아 꽃이 피고 새들이 지저귀겠네
내 여태 살아 있어 참 아름다운 봄날
꼬물락 꼬물락 살아낼 수 있겠네.

내 안에 쌓이는 한 수심

바람에 묻어오는
강아지 울음소리가
눈 감아도 보이고 귀 닫아도 들린다

뭉텅 뭉툭 굴러다니는 근심 덩어리들
가슴 속에서 도저히 들어낼 수가 없다

인생도 한 번씩 빨래처럼 삶아야 한다
팔팔팔 끓는 물에 팍팍팍 데쳐내야 한다

찬비 내리고
홀몸이면서 멀쩡한 나는
맨 방바닥 등에 지고 날 새도록 끙끙댄다.

좋은 생각 또는 엉터리

박제된 새 날아가지 못 하게 액자 속에 넣어두고
번식능력을 잃은 내 몸뚱어리 자꾸 뒤척거린다

좋은 생각이 확 났다
바퀴벌레를 저들 속에로 이사 시켜야 하겠다
무지하게 강한 생식력 와글와글 들끓게 해야 겠다

마음이 허하면 티끌 하나가 태산 같다
뭔 일 일어날 것 같기도 하다.

쉼에 대한 단편적 고찰

바람 쐬러 뒷동산에 오른다
오르면 오를수록 사지육신 헉헉이고
눈은 제 맘대로 쏘다니고
귀는 귀대로 새소리 물소리 바람소리 덩더쿵이고
맘은 얼씨구절씨구 지화자자 놀아나고
철퍼덕 널부러져 큰 대 자로 뻗어
날잡아 잡숴 앙탈하는데

산 아래 또 다른 별천지엔
강물 같은 차량 행렬들이 도도히 흘러
쉬임없이 구불텅거리고
제비처럼 날아오르는 비행기
구름 뚫고 공중을 디디고 다니네
허허허 허허
급급한 저 거대한 대열 속에 내 없음이
너털너털 실소하게 하네.

내 딴의 가을 풍경

가을 산책길에 멀쭘한 풍경들과 영상통화한다

반도 안 자란 초승달이 대낮인 줄도 모르고
삘쭘하게 반 눈 뜨고 내려다본다

길 가 억새밭에 숨어 있던 바람 소리가 사부작이며
나갈까 말까를 염탐하느라
삐죽이 고개를 내밀고 있다

세월을 묻어버리려는 범상한 하루가
여느 날과 별반 다르지 않아서 한 번 더 투정 부린다.

기동하는 봄

언 땅 비집고 비비추 새순들이 합장한다
햇볕을 들치면 기지개 켜는 소리
몸 푸는 포자들의 사부작임들
봄내가 비리다
태양을 건너면서 바람 깨나 피웠나 보다
풀밭에 흩뿌리는
가느단 빛살들 작달비 내리듯 선명하다
척추 곧추 세우자
쫙 퍼지는 등짝에 넙쭉넙쭉 업히는 향 분분
동토 같던 심장이 해동되느라 새근새근 뛴다.

맹목에로 담아지다

앵두 같은 네 입술
복숭 같은 네 귓불
포도 같은 네 눈알
석류 같은 네 잇빨
참외 같은 네 이마
바나나 같은 모가지

천진난만은 고질병이 아니라 야트막한 맹목이다
시인 눈은 이따금 사시가 될 수 있다
저 너머에 떠 있는 무지개를 본다.

계절타기

며칠간 내리는 줄비
가을이 성큼 와서 모공에 소름 돋게 합니다
낙엽들이 내다버린 엽서같이 착착 젖습니다
까치발로 걸었더니 맘이 되레 외로워 합니다

시나브로 스쳐간 게 꼭 계절 탓만이 아니네요
누굴 기다리거나
누굴 잊지 못하는 천형의 계절병이 도집니다.

품다

눈을 떠 보니 품에 책이 안겨 있네요
이슥하도록 이야기를 나누다 가슴에 품고
여러 번 뒤척이며 이불을 끌어당겨 덮어준
후라스코의 제8요일
아그네시카가 흘리는 눈물 쯤에서
살풋 접힌 페이지를 쓰다듬듯 다시 열었더니
깨는 활자들이 기지개 켜고 하품을 해대며
밤새 정 붙은 사연들이 행간을 걸어 나오네요

책 몸을 여러 번 토닥거린 후 책장에 꽂으니
또래 책들이 나 대신 서로 포도시 품어주네요
우리 품 사이 한 동안 뜸해질지 모르겠네요.

팔자타령

차는 핸들을 따라 가고 인생은 팔자대로 산다
주어진 운명에 앙탈을 부리고 애탕가탕 해대며
여러 번 다그쳐 물어도 답하지 않는 게 인생이다.

생동을 깨어내는 아침

희붐해지는 창밖
잠 덜 깬 안구를 굴리며 눈뜨는 아침
꿈틀대는 세상을 본다
골목 마다 쏟아져 나오는 사람들
길은 밤보다 넓어지고 차들은
서둘러 가급적 빨리 간다
힘 실린 새들의 지저귐이
이 나무 저 나무로 날아다니고
할머니가 미는 젖먹이 유모차는
아침 산책을 거들먹거리며 가고 있다

누군들 저들과 한세계를 더불고 싶지 않으랴!
아침 밥 짓는 나는 공연히 마음이 바빠지며
부엌 앞뒤를 공연히 왔다갔다 설레발친다.

밤눈

까만 밤에 하얀 눈 내리네
가장 애잖고 소설한 그리움 데불고
아주 까마득히 오랜데서 한밤중을 걸어서
가만가만 오시네
감은 눈으로 살피고 닫힌 귀로 엿듣네
굽은 길 옆 가로등 불빛이 가물가물하도록
아까보다 좀 더 많이 좀 전보다 더 푸짐히
하늘과 땅 사이 꽉 차도록 퍼부어 쌓이네
추억 밟는 발길은 여태 늙지 않아서 뽀도독
뽀도독 바튼 소리 내네
마음의 모든 바깥이 하얘져 눈 속에 숨네
침묵마저 끌어안으며 고요 품에 깃드네
등신 같은 나는 이 밤을 오지게 히죽거리네.

다 묻혀 가네

오늘이 갔네
내일이 오겠네

오가는 날들이
다르면서 꼭같네

어제 오늘 내일이
나래비 서 있네

평생의 소원들이
헤매고만 있네

나 혼자인데도
그닥 안 외롭네.

망원경 들이대기

더 먼 데 걸 보려고
보이지 않는 걸 보려고
꼭 보고 싶은 걸 어떻게든 보려고
저 아슴함 속에 내가 보지 못하는
그 무엇을 보려고
보이는 것을 마다하고
보이지 않는 것 보려 바락바락 대들어
삐삐한 종아리를 더욱 빳빳이 세우고
얇은 눈꺼풀을 끝에 까지 밀어재치고
안 보이는 세상 저 너머를 뚫어져라
요리조리 빤한 눈 치뜨고 살피네.

달콤한 낮잠에 빠져든 추억

뙤약볕이 우글거리는 흙 마당 맨 바닥에
누르딩딩하도록 여문 콩대를 누이고
 한 식경 열 받게 두었다가
콩깍지 스스로 토닥토닥 배터지거든
대나무 도리깨 높이 쳐들고 타작할 때
대청마루 밑 오글거리는 강아지 오 형제
소담스레 품고 늙은 젖을 물린 암케는
비몽사몽 졸고 있기도
군데군데 허물어 터진 돌담 가장 자리에
일찍 핀 구절초 한 송이 배시시 웃고 있기도
그 와중에 소리 나게 국어 숙제를 암송하다가
스르르 빠져든 낮잠 속에 색색 색
코골이에 추억들이 들락날락한다.

날 저물 무렵

바람이 맨발로 지나가고 난 뒤
키 작은 남자의 뒷덜미에 길쭉한 햇빛이
어정거리기도 한다

땅거미가 서둘러 꺼매지려 매무새를 고친다
해거름에 애워쌓이는 뭉툭한 숲 사이사이로
숨을 감춘 짐승같이 발소리를 죽이며 든다

훨 훨 훨 벗어던지는 나무들의 맨몸이
살을 에듯 추운 겨울 잘 상대할 수 있을는지
너덜거리는 그림자 무리들이
꺼멓게 두터워지는 어둠 속을 메워가고 있다.

묻다

묻는다
너는 뭐니?

다시 묻는다
묵묵부답이다

네가 나에게
되묻는다

왜 묻니?

노인 시대

어릴 땐 나이를 먹는다 하고
늙으면 나이가 든다고 하더라
나이 들며 늘어나는 게 걱정거리다
어른답게 사내답게 나라 걱정 정도는 해야 되는데
자질구레하고 사소한 것에만 들이대고 몰두한다

누룽지 한 그릇 뚝딱 해치우고 이쑤시개를 물고
허름한 아파트 뒷문 층계참에서
덜렁 미끄러지다 소스라치게 놀라며
집에 사발면이 떨어졌을 거라는 걱정을 퍼뜩 한다

사람의 노인이
하얀 털신을 신고 뻘밭 같은 겨울 눈길을 걷는다.

눈 뜨는 바다

수평선 섬 하나
눈을 감았다 떴다 한다

파도 너머 뭍에게
자나 깨나 깜박깜박

외눈박이 그리움에
속 태우고 있다.

옛것에 묻은 회한

헛간에 걸어 둔 쇠스랑은 아버지의 것이다
살아생전 밤낮없이 논밭 일구던 손발이었다
턱턱 갈라진 나무자루에 황토먼지만 자욱하다
누덕누덕 덕지덕지 달라붙은 세월의 흔적들이
옛 세월 허리에 붙어 누더기가 된 파스 같다
그리움 때문만이 아니라 할지라도 휑뎅그렁
돌아서는 내 등짝에 회한이 덥석덥석 업힌다
다시는 사람의 눈으로 보지 않으려 했는데도
미망迷妄 저버릴 수 없는 회한만 안겨든다.

겨울과 봄 사이

언 흙을 만져보고 비벼 털어내는 데
손톱 위에 반짝이는 햇살이 물비늘 같네

봄이 성큼 왔는지
허리를 펴는데 한결 가벼워지는 바람
기지개 켜는 나무 가지들 마다
초록 색기가 돈다

더는 허겁지겁 귀가하지 않아도 되겠네
배시시 내밀리는
사람의 입술에도
꽃봉오리 같은 미소가 터질락말락하네.

화주火酒 들이키며

밤바람 들이치자 굳게 닫힌 창틀 덜컹덜컹하고
하늘에 구름이 구르고, 땅에는 낙엽들이 난다
멕시코에서 건너온 데킬라 한 잔 원샷했더니
목뼈에 부딪는 부싯돌이 울대를 냅다 친다
악착같이 달라붙는 적막과 연거푸 마신 화주
서너 잔 맞붙어 한 판 뜬다
쥐도 새도 모르게 사라져주는 밤이 되고 싶다.

겨울 이야기

밤이 너무 길어서
고구마를 구워 껍질 까서 먹는데
낡은 집 한 채 헐어진다

된바람 불어쌓고
관절통을 앓는 뼈 우두둑일 때마다
질겁해대는 방구석귀신

무채색을 펴 두고
순정한 사랑에 무슨 고백할까를
골똘하게 만지작거리는데
쿵 하고 동백꽃 떨어지는 소리

세상사 후딱 안 가는 게 있더냐
이야기가 없는 겨울밤은
혼자서도 중얼중얼 씨부리게 되네.

넋 나간 세월 되찾아오기

구불구불하게 살고 있는 뱀탕집 유리함 앞에서
목젖을 굴리고 있는 사람의 눈빛을 본 일 있다
인간은 무엇으로 사는가
생명들은 무슨 짓에 지탱될 수 있는가
한길 쪽을 보는 사각 유리함에 길다랗고 굵다랗고
구불텅이며 뒤엉키는 뱀들의 사생결단과 시선이
후딱 마주칠 때
시린 별 하나가 정수리에 떨어졌다
나간 넋을 되찾아 오는데는 숱한 세월이 걸렸다.

그래저래 산다

숱한 게 사람이다
나는 혼자다

적막을 지붕 삼아 외롬을 침대 삼아
멧돼지 낮잠 자듯
산다.

전설 같은 폭설이

옛 이야기들 줄줄이 풀어놓듯
주절주절 하염없이 쏟아지어
대관령 꼭대기 폭싹 파묻히고
동해 바다 깡그리 덮혀버려진
아날로그 시절 우리에겐
먼 먼 전설의 시대가 있었지
개천에서 용이 나던 궁핍의 때도 있었지
밤 새워도 다 못 풀 한풀이 천지삐까리였지
그 시절 그리워진 함박눈들이 푹푹
첩첩이 태산만큼 쌓여지는
창밖의 흰 세상.

아내의 4월

눈치 없이 들이닥치는 4월 12일 제사상에는 숟가락이라도 즐비하게 놓는다

거실 가운데는 둥글게 방석들을 깔고 빈 그릇들마다에 소복소복 담겨지는 백열등이 보글보글 끓는다

물끄러미 쳐다보는 새파란 아내의 영정이 실소를 머금는다

강된장 맛 나는 당신의 생전 몸내를 맡으려 굳은 콧구멍을 열고 컹컹거려 본다

잃어버린 애틋함이 빠른 걸음으로 다가와 찰싹 붙어 앉는다

오늘은 당신의 세 번째 기일 갈비뼈 틈틈이 우러나온 그리움 소복소복 제상 위에 그득하다.

도시의 바람

골목골목 방황하던 바람이
질주하는 자동차 꽁무니에 매달려
깃발처럼 펄럭이면서
튀어나오는 배기가스가 염장을 지르자
쿨룩 쿨룩 바튼 기침을 참지 못 하더니
빨강 신호등 앞에서
검은 숨을 헉헉 토한다
차를 안 팔아먹더니 참 오지다 싶다

인간의 도시에 부는 바람은 바람이 아니라
탁하고 역하고 거무튀튀한 몸내를 휘불리는 공기다
맨 첫 바람은 강처럼 맑았고 숲이듯 푸르렀다
더는 나설 엄두도 못 내고
골목 마다 머뭇거리는 도시 바람도 바람은 바람이다.

가시꽃 폈네

거울 유리창에 가시꽃 폈네
하얀 성애가 꼭 국화꽃 같네
새들 잇빨이듯 촘촘히 돋네

몸 보다도
마음이 더 추워 꼼짝 못하네

커피 한 잔 다 식도록
한 쪽만 보던 창 슬며시 닫네.

꽃이 있는 식탁

식탁에 장미를 꽂자 정원이 아니건만 정원 같다

목이 긴 화병을 식탁 가운데 앉히고
비잉 둘러 앉아 잘 구워진 안심스테이크를
포크로 누르고 나이프로 잘라 잘근잘근 씹는다

적포도주 보다 더 화사한 장미꽃
식솔들이 떠들며 튀기는 군침을 다소곳이 맞는다

사람들이 웃자
팡파짐하게 앉은 엉덩이 들썩들썩 따라 웃는다.

하현달 뜬 새벽

여명이 터는 동쪽 하늘에 손톱만한
하현달이 새벽 보다 먼저 나와 나붓하게 떠 있기에
선잠 털어내며 뒤척이던 이불 속을 부리나케 일어나
달력을 손끝으로 짚어봤더니
9월 27일(음) 임신壬申날이네
어디쯤에서 싹을 틔웠는지 모럴 저 달이
어찌하여 날새는 줄 모르고 미적이는지를
따져 볼 필요가 있을까마는
곧 익숙해진 내 수더분한 눈은
한 점 수묵화를 바라보듯
속눈썹을 곧추 세우고 깜박깜박거리는데
오늘 아침엔 한층 더 따뜻한 말 한 마디 듣고 싶어
벽에 걸린 가족사진 올려다보며 윙크를 해대다가
쌀뜨물색 물안개 흐르는 나지막한 산자락에
멀건한 연두색 봄을 휑하니 살피네.

누나의 손

담 아래 핀 봉숭아 꽃잎 손톱에 이사한 날
밥상머리 둘러앉은 온 식구들
반찬 집는 누나 손에 넋을 잃었네

지지리 궁상이 부리나케 자리 내주면서
잔주름이 소복한 엄마 입가에 미소가 뜨고
멍하시던 아버지는 문단속하러 나가시네

유효 기간을 넘긴 그 옛날의 동심들이지만
씹을수록 짭쪼롬 알싸해지네
내 기억 속에 소복한 소싯적 유산에는
못 내다버릴 추억들이 바그바글 끓고 있네.

반딧불이는 제 몸에 불을 켜고

반딧불이는 몸이 불이다.
꼬리가 발광하면 못 견뎌 쏴댄다
강바람이 주저앉은 호밀밭 들머리에
불꽃놀이 한창이다
놈이 유충일 땐 다슬기만 먹었고
환생을 시도할 땐 이슬만 먹는다더니만
암수가 나누는 열애의 장면이 불붙을 때는
눈 뜨고 못 본다
별빛같이 반짝거리는 사랑짓들이
온 들판을 떠매는 잔치상 벌여
강바람에 뒤통수를 얻어맞고
천지분간 못 하더라.

아이의 옛날

옛날에 나 저런 거 있었다

여섯 살 배기 손녀의 손을 잡고 골목길 걷는데
길가에 버려진 장난감을 손가락으로 가리키며
똘망하게 말한다
가관이다
네 어린 삶에도 어느새 옛날이 생겼구나

가령
사람의 나이가 열 살 스무 살 백 살일 때
옛날이란 얼마큼의 세월일까!

산다는 건
추억이란 집 한 채가 덩그라니 지어지는 거
유리같이 맑은 아이의 오늘이
어제가 되고 과거가 되어 옛날이 되겠네!

새 떠난 겨울자리

우물같이 새파란 하늘 속으로 철새들 떠나가네

시인의 의자같이 구부정한 구름 드문드문해쌓네

머잖아 펑펑 천지가 파묻히게 함박눈 쏟아지겠네

불시착한 겨울이 말 안 하고 펑퍼짐히 주저앉겠네

오늘 외출엔 파카코트 입고 털부츠를 신어야겠네.

손 안에 핀 인두화

손을 펴보니
손금은 온데간데 없고
버즘꽃 폈네

주먹을 쥐어보니
꺼풀만
푸르딩딩
돌옷들이 무성네

손바닥
손금들이
손등에 이사 왔네.

가끔 넋 놓는다

어머니가 입원하신 시골 병원 가시나무
울타리에 새 한 마리 울다 가곤 했다
어디 한 군데 성한대가 없는 야윈 몸을
부득불 일으켜
날아가는 새를 멀거니 쳐다보시곤 했다
생을 놓으시는 어머닌 아무 방도가 없었고
죽음이 가야 할 하늘 속을 짚어보곤 하셨다

난 엄마 마음을 손톱만큼도 짐작치 못 했다
가끔 넋 놓고 우두컨
녹슨 마음의 손잡이를 비틀어 보기도 한다.

상사병 즐기기

한 이틀 바다와 놀다 돌아 온 후
귓속에 들어앉은 파도소리가 잠시도 거르지 않고
찰싹거린다

바다를
못 잊는 상사병인가 봐.

악동시대

메뚜기 구워먹던 악동의 시절
늦은 수업 파하고 달음박질로 뛰어
싯누런 들녘 볏단 위 마구잡이로 날뛰는 메뚜기 떼
볏줄기에 감꽃 꿰듯 줄줄이 엮어 휘휘
바람개비듯 돌려쳐 절반쯤 기절시켜
갯고랑 둑방길 건너 편 한갓진 빈터에
수북한 짚검불 피우고
생불구이로 질펀하게 흐트러서
매캐한 연기를 날리며 탁탁탁 살찐 배가 터트려져
고소하고 꼬들꼬들 잘 익은 살점 침 발라 꼴깍이며
바싹바싹 소리 나게 씹었던 천진한 악동시대
지난 밤 꿈에 수 시간 끌려 다니며 소스라쳤다.

뻘쭘한 것은

기억 저 편 같은 거
지는 노을 같은 거
스스로 껴안김 같은 거
긴 세월 등짝에 덩그라니 지고
뻘쭘해 하는 노인 뒤태는
외로움 아닌 서러움이거나
그리움이다.

사람의 뒤태

가는 것 같기도
그냥 서 있는 같기도
삐뚜룸한 어깨에 멜빵 끈 깊숙이 박혔다

삶이란 짐은
지고 가는 것일까? 업고 가는 것일까!

남들은 처다보지만
자신에겐 보이지 않는 뒤편이 쓸쓸하고
어질어 보인다

어디로 얼마나 더 가야 하는지
확 돌려세워 막 따지고 싶은 충동들이
수두룩 업혀 있다.

10월의 끝에

하늘가까지 눈이 닿는다
참
시리게 파랗다

바람결 까끌거리고, 코 밑 단내 난다
물속에서도 젖지 못하는 그림자들
마음 끝이 간당간당 해쌓기도 한다

드문드문
흩어져 흩불어대는
바람 틈새로
단풍 한 닢 휙, 도돌이로 떨어진다.

바람 불지 않는 날

묻어서라도 바람이 될 수 있다면
넓은 바다 높은 산도 재미삼아 훨훨 넘나들 터인데
아파트에 문 닫고 오도카니 혼자 살다보면
바람도 날 잡아 잡숴 하고 불어주지 않는다
진공 속에 가둬두듯 안 불거나 못 불거나 해서
바람 없는 날은 하는 수 없이 입술을 오므려
새 울듯 휘파람을 불어 보기도 한다.

청승맞게 젖는다

장맛비가 청승맞게 내린다
저러려고 지렁이 울었나보다.
첩첩한 도시 여름 밤
나 말고 누가 저 소리를 엿들었으랴
장마철 들라치면 염치불구 합창을 해대는
저들의 속내를
농부의 아들인 나만은 알고 있다
추적추적 청승스레 우는 소리
잠 못 들고 귀 기울인다.

가슴으로 도와주기

머리와 마음이 합방을 시도하기에
손가락으로 머리칼을 쓸어
짱백이부터 뒷골까지 탁 트인 길 내주느라
손에 땀을 쥔다
놀란 가슴이 뭔 일인지 모르고 삐걱인다

귀 밝은 사람이나
눈 어두운 사람이듯
코골며 잠 자는 체 나무토막이 되어주었다.

보약발

어머니가 낳아주시고
할머니가 키워주시며
먹고 자고
먹고 놀고 하거라

그 약발
지금에사 받는지
놀고 먹고 먹고 졸고
망구를 살아 낸다.

2부

눈 내리는 까닭

밤새 바스락이는 가랑잎들
단잠 들 참에
눈이 내린다

내리면서 토닥이어서
설레발치는 바람에 안 날아가게
땅에 붙인다

해 떠도
못 녹게
품 속에 끌어안고
오돌오돌 떨어쌓는다.

날뛰는 건 개꿈만이 아니다

개꿈들이 날뛰네요
매눈 치켜뜨고 째려보네요
개꿈이라도 꿀 때가 잘 나갔죠

꽉 늙어봐요
드러누운 대가리로는
미쳐 날뛰기는 커녕
개꿈도 못 꿔요.

환각 일지

아슴한 허상들이 어슬렁이더니
생짜배기 그대로 기억의 창고에 쌓인다

비바람이 거세지자 아파트숲들 철퍼득인다
죽은 자의 기도 같은 슴뜩한 소리 들척거린다
술을 술병에서 술잔으로 잔에서 입에로 붓다
마음이 문을 열고 무슨 난린가 기웃기웃한다
좀 머쓱하여 살그머니 두루두루 살펴서 본다

나는 지금 혼자가 아니라
내 안에 틀어 앉은 또 다른 나와 동거 중이다.

시답잖은 시쓰기

백열등을 켜두고
낙담한 마음을 추스르느라 애를 쓰며
아낸 가계부를 쓰고 난 연필로 시를 썼다
개발새발 끄적이다가
후딱 색기가 동하면
아내의 치마끈 붙들고 홀러덩 드러눕히며
여보 불꺼 했다

그 시절 쓴 시 한 줄 꺼내 고쳐 써 보느라
컴퓨터를 켜 두고 뚫어져라 쳐다보면서
구닥다리 잡념들과 한갓지게 놀아난다.

소원을 말하라

중학 땐 파카만년필 갖고 싶었어요
고등 땐 손목시계, 대학 땐 카메라요
요새도 소원이 있느냐고요?

백세 살이 해볼라고요
허투루 아닌 진짜배기 살아보려고요

안되나요?
무슨 망발이냐고요?
방법이 없을까요?
있겠지요
내 안의 탐욕들이 분분이 다툽니다.

난 환쟁이다

난 어린이 화가였다
바람벽에도 방바닥에도 바라지문 문풍지에도
횃대에 걸린 누나들 고쟁이에도 시뻘겋게
크레용 떡칠해댔다

인생살이 태반은 자습임을 일찍이 깨쳤다

좌판에 드러누워 빤히 쳐다보는 대구 눈알에
담긴 바다를 고스란히 옮겨보려고
시장 안을 몇 바퀴씩 돌았다

비 뿌리는 겨울 밤
가로등을 안고 통나무처럼 쓰러졌을 때도
노래진 하늘을 화판에로 옮겨오기도 했다

오늘은

간송미술관에 전시중인 모 화백 회고전에
뒷짐 지고 어정거린다

난 화가는 못 되었지만 시로 환쟁이 짓한다.

노을 지는 모래톱

파도가 다듬어 놓은 모래톱에
촘촘히 두고 떠난 물새 발자욱들

해거름 드는 물면에
담담히 떠다니며 선지빛 머금는 물이랑들

나래비로 떠서 노닥거리는 해초 더미에
노을빛 맞붙는다.

벽과의 동거

비가 온다
빗물이 벽을 타고 바다로 가느라 졸졸졸 한다
물의 안태고향은 하늘일까 바달까
홈통 속을 흘러가는 소리들이 비올라 연주 같다
저들도 천리만리 달려서 수구초심하는가
기억 너머에 숨어 있는 추억의 벽면을 후벼 판다.
톡 톡톡 보나마나 해도 될 카톡들이 자꾸 울린다.

색다른 겨울나기

물가에 얼비치던 살얼음이 집 앞까지 와서 널부러져 있네

서서 죽는 나무나 날다 떨어지는 새들이 현저히 늘어나네

난 두 개의 눈으로 세상 살피는데도 못 보는 게 수두룩하네

할 일 못 할 일 갈 길 못 갈 길 갈피가 잡히지 않을 때 많네

경험에 담겨있는 발을 슬며시 빼내어 낯선 세상에 방목하네

냉가슴 안에 핫팩 찔러 넣고 칼바람 부는 거리 성큼성큼 건네

저무는 산길

어둠이 일어나려 청태 낀 바위가 끙끙해쌓는다
오늘은 어제만큼 수다스럽지 않으면서 저문다

어릴 땐
몸이 먼저 설쳐대고
마음이 뒤따르느라 헐레벌떡 했는데
늙어서는
마음만 설레발치는데
몸은 마지못해 휘청휘청 구불텅거린다

머리칼은 하얘지는데
머리 속은 까매진다.

내 안의 아비

내가 알기로는 아버지만한 주당은 없었다
마당 한 가운데거나 논두렁에 털썩 앉아서
양푼만한 큰 술사발에 그득채워 꿀꺽꿀꺽
젊잖게 트림을 하시며 손등으로 쓰윽
입술을 훔치는 모습이 주도사 같았다
하기사 근면성실한 농부에게 더 이상의
풍요 즐기기가 따로 있었겠는가 마는
야박한 백자 술사발 달랑 두고 몸만 가셨다.

꿈을 지고 일어서 보다

지구를 지고 일어서본다 뿌듯하다

비로 씻은 나비의 날개가 곱상하다

필마단기 야생마듯 달리고 싶다

무리다 싶어도 자주 개꿈을 꾼다

별은 별나게 보여서 별이라 한다

마음 혼자 이곳저것 기웃거린다

멀거니 내려다보는 하느님께 절한다.

만만한 날에

내가 사는 곳에
나지막한 산 하나가
둥글납작한 모롱이 한 쪽을
동쪽으로 내밀고 얕게 앉아 있어
언제라도 내가 가기만하면 목 빠지게
기다렸다는 듯 꽝파짐한 무릎 내어주며
따숩고 안온한 내 마누라의 가슴팍이듯
바람도 범접하지 못 하게 폭 감싸 안으며
풍파에 시달린 삶의 울렁증을 잠재워주며
고맙고 그립고 애틋한 것들 같이 앉아 쉰다.

구식으로 살아가기

간덩이가 붓기도 하고
배 밖으로 나오기도 한다
팔아먹을 게 없어서 옛날만 들먹인다

자주 읽던 책을 머리 위를 덮었더니
너덜너덜하기에 반분이라도 풀린다

먼 길을 돌아서 왔거나
직선으로 왔거나 그닥 문제가 되지 않는다
꽃집 앞에 쪼그리고 앉아 멍때리기를 한다

스치던 세월이 고개 갸웃거리며 쳐다본다
살면서 죽을 고생 없었던 사람 드물 것이다
인생 숙제는 결과가 답이다.

머나먼 겨울 여행

가다가 낯선 것들과 눈 맞을 지도 모른다.
그때사 결정할 문제지만
삶의 길이란 눈대중으로 가늠되지
않지만, 다시 시작할 나이도 아니고
언제 이디에서 한 번 쯤
쉬어 갈 수 있을지 없을지 그냥 스쳐버려야 할지
얼마간 남은 여정에도 딱 정해진 게 없다.
팔자나 운명은 어째서 당사자에게는 통보도 없는지
나의 겨울여행은 내가 출발한 게 아니고
등 떠민 건 세월이고
목적지의 주소도 방향도 길이도 끝도 모르는
종착역으로
한 치 앞도 모르게 떠밀리고 있다.

창과 친구먹기

산 마주 창 하나 내두고
바람 부는 날은 새들의 날개
비 내리는 날은 몸 씻는 나무
눈 오는 날은 쏟아지는 구름

마주 보며 서로 껴안고
말없는 맘을 품에서 꺼내
오순도순 건네주어 받기도 한다
동고동락의 마음 문이다.

후딱 깨닫다

우주와 신
없음의 있음

내 딴은 지각 있는 아메바다.

마음병

꿈에 잇빨 한 개가 빠졌습니다
그러려고 술이 당겼나 봅니다
가슴이 휑하게 뚫려졌습니다

이 육시랄 세월아
내게 주고 갈 게 꼭 나이 밖에 없느냐

앓지 않아도 전신만신이 지병입니다
세계를 다 준대도 아무 것도 아닙니다.

겨울 강에서 바람을 보다

겨울 강에 찬 바람이 불어쌓는다
물가에 웅크려 떨고 있는 들풀 씨앗들이
물에 빠지지 않으려 언 돌멩이에 달라붙고
대머리 다 된 갈대들 남은 머리칼 휘불리고
개불알 같은 자갈돌들이 서로 몸을 끼우고
알몸을 지켜내느라 뽀도독뽀도독거리고
깡깡한 얼음 면에 파지들이 쓸려 다니고
다리를 건너는 사다리차가 휘청거릴 때마다
경기를 해대는 마음이 좌불안석하고
매운 강바람 끄트머리가
버려진 마분지처럼 떨고 있다.

삶 그 너머에

탄생의 처음처럼 하얗습니다

기억 그 너머 내팽개쳐집니다

팽이처럼 팽팽 돌다가 뛰뚱뛰뚱해댑니다

왼 쪽 단잠에서 오른 쪽 선잠으로 돌아 눕습니다

신세진 지난 일들에 고개 숙여줍니다.

사진으로 별 따기

밤하늘 별들을
더는 시로 쓸 수 없어서
사진으로 찍습니다
아득히 높고 깊고 먼 데에서
얼굴 내밀며 영상통화하자네요
나래비로 서 있는 별들에
일일이 눈 맞추기가
하늘의 별 따기입니다

사진기 속으로 쏟아져들어 오는
별빛들이 한 가득 퍼득거리네요
찰칵찰칵
배터리가 다 닳도록 셔터를 눌러댑니다.

꿈꾸는 옹달샘

눈 오는
깊은 숲에
빤한 옹달샘
낮꿈을 꾸네

내리는
족족이 담아
선계가 속계에
녹아들게 하네.

유치함 즐기기

늘그막에 유모차 한 대 샀습니다
마실이나 다닐까 하여 끌고 나올 때 마다
앞서 가는 마음이 자꾸 장난질치곤 합니다

강아지처럼 쫄랑쫄랑 나서는
유모차 꽁무니에 매달려
끌려가는 재미가 솔솔합니다
먼저 간 아내의 샛길 쪽으로 아장아장
기어가듯 좇아갑니다.

색들 쓰네

까만 밤
파란 바다가
하얀 모래톱을 기어나와
노란 달빛과 소꿉놀이를 해댄다

담색 하늘에서
빨간 별들이 떨어지자
다투어 집어삼키려는 파도
입 쩍쩍 벌린다

수평선이 푸르스름한 고개 내밀고
눈만 깜박거리고 있다
꺼무튀튀한
뭍의 얼굴이 새파란 벽 속에 갇힌다.

가물거리는 밤길

내 한 생 무게는 몇 근이나 나가고 부피는 얼마큼일까
많은 사람을 만났고 숱한 시시비비를 나눈 삶을 꿀단지처럼
밀봉하여 멜빵으로 걸쳐 메고 등 꾸부리고 걷는데 허연 눈썹
위에 뜬 토실토실한 달이 전조등을 켜들고 밤길을 안내한다
기필코 풀어야 할 숙제를 묻고 왔는데 경험이 답이 되어준다
한보따리 도톰하게 품고 알뜰살뜰해도 별반 즐겁지는 않다
겨울 도시는 도시일지라도 도시답지 않게 설렁설렁하여서
맘 붙이고 앉아 막걸리 한 사발 할 포장마차도 하나가 없다
받아 줄 상대만 있다면 웃통 벗고 한바탕하고 싶은 밤이다
어떠니저떠니해도 시끌벅적 살아가는 게 재미진 세상이다.

척하며 살아가기

시계의
초침 분침 시침은
절대로 새치기 않는다

산다는 건 허풍을 떨어대는 것
잘난 척 아는 척 놀란 척 미운 척 고운 척
고상한 척 해야만, 남는 장사다

잠꼬대를 꼬집지 마라
꿈조차
깨버리면 살아도 사는 게 아니다.

공터가 늘어난다

친구가 부리나케 갔다
세상에 공터가 또 하나 생겼다

그는 우정을 두고 떠났고
우리는 그를 그리워한다

추억 부스러기들이 덩달아
수두룩빽빽히 떨어진다

사는 형편보다
마음이 더 고왔던 좋은 시절
우리 세상 사람들이 하나 둘 사라져 간다.

오지게 당한 날

하루를 통째로 강가에서 보냅니다
허기지는 뱃속을 졸라매고 걷는데
풀섶에 새빨간 뱀딸기가 수북합니다
부리나케 따서 먹고 설사를 해댑니다
바지를 올리며 빼꼼이 열린 하늘을
쳐다보며 그리운 것을 그리워해봅니다
앉았다 섰다 노는데 눈앞에 시퍼런 강이
턱 버티고 서서 한번 건너가보라 합니다
기가차서 멍하니 뒤통수를 긁적이는데
강물이 성난 뱀장어처럼 꼬리를 쳐들고
사정없이 뺨따귀를 냅다 후려칩니다
참 얼척 없는 날이었습니다.

어머니의 저녁 풍경

들일을 끝내고 대바구니에
둥글고 누렇게 익은 호박을 머리에 이고
땀 밴 옆구리에 젖먹이를 늘어지게 끼고
땅거미 굼실거리는 아득한 들판을 걸어
키 큰 미루나무들이 시퍼렇게 출렁이는
방둑길 비틀비틀 내려 와서
시냇물이 출랑이는 징검다리를 건너서
어슴푸레 튀어나온 흙담을 서너 개 돌아
개 짖는 소리가 하루를 치송하듯 컹컹대면서
저무는 하루를 멀건 곤죽같이 걷어 들이며
아낙에서 할머니가 돼버린
내 어머닌 농부 아내였고 육 남매 어미였다.

무료함 달래기

할 일도 없으면서
약속을 두 개나 펑크 냈다

누가 그러더라
별은 별나게 보여 별이라 부른다고

맛집 앞에
긴 행렬이 끝 간 데 없이 늘어져 있다

옛날 우리 집 저녁 끼니는
허연 달빛 둥둥 무작위로 떠다니는
콩죽이었다.

바람 타는 날

봄바람 타는 건 꽃만이 아니다
암팡지거나
청아하거나
남실한 몸짓을 지켜내던
산도
강도
발정 나서 가담가담 했지 않느냐
우리 살아 온 내력도 저러하느니
가끔 잔기침이라도 해서
서로 살아있음에 안부나 물어보자
허어,
봄이네— 봄이여!

너는 그리움이다

넌 내 설레임이다
한평생 그래왔듯이
처음 사랑 그대로다

너는 내 생 종치는 날까지
하느님도 못 말리는
그리움이다.

사람의 마음

밥 한 번 먹자

혼자 살다보면 그 말이 제일 좋더라
사랑과 우정은 핏줄보다 고급지더라.

일일화 日日花

앙증스레 미소 짓는 연분홍 꽃들
나래비로 서서 피고지고 한다

날마다
만나고 헤어지는 내 여자친구다.

초록 잎새들 재롱잔칫날

팔랄 팔랑 팔랑
바람을 보채는 입술 같기도
납작한 부리를 다투어
쨋쨋이는
조막만한 산새 새끼 같기도
햇살받이 얼굴들
뾰족뾰족 경쟁하듯 내밀며
깔깔거리는
새순들의 박수소리 같기도

대놓고 쳐다보다 헛발 디뎌
횟떡 넘어질 뻔했다.

그리그리 해야지

여름밤이 깊어지면서
매미들 합창 소리가 더 와자지껄 하다
무심코 돌아눕자 덜커덩 내려앉는
귓속의 환청들이 기절초풍한다

울지 말거라 굴러 가지 말자
홀로 잠들면 안 돼 다독이자

잠시 고요하자 별빛들 떨어지려다 엉거주춤한다
세상만사 갈길 가도록 둬야지 제몫 다 하도록 하자

밤의 귓불에 뻐꾸기 울음이라도 달아두자
눈 좀 부치고 난 연후에
잔비 오거든 은근슬쩍 마중이나 나가자.

태풍전야

바다가 부서지나, 파도들끼리 한바탕하나 보다
서슬 시퍼런 물갈퀴들에 몸 둘 바 모르는 해풍들이
공중을 디디는 발소리 철버덕인다
그럴싸하다

용트림들이
구불텅구불텅 용을 쓰며 격하게 달려오다가
거시기 빠지게 달아나 버린다

태양의 몸을 달면 과연 몇 킬로그램이나 나갈까
가끔씩 뭔 일 있었냐 묻듯 숨 막히게 고요하다
태풍전야다.

헛꿈 토하기

헛꿈 한 줌 가슴에서 꺼내놓고
요리보고조리보고 한참을 보챈다
접었다 폈다
호도된 덧칠들 치부부터 도려내야
지당하겠지만
유장한 시간
어물쩍 불러내보는
된 고함 한 마디로 목이 콱 쉬었다.

제 정신이 아닌 날

인생의

비상구를 붙들고 뜸들이기한다

?

!

?

!

?

!

?

세상 밖으로 뛰어내릴 것인가

고치 속 누에잠을 계속 잘 것인가?

선문답

삶이 즐겁기만 하면 그 만큼 얼이 빠진다
고독하지 않으면 자유가 끼어들지 않는다
생명을 저당 잡힐 각오가 용기라는 것이다
인생에 다른 도리가 없을 때 가장 강해진다

세상살이 헛으로 살아지는 게 아니라는 것을
쇠갈비를 구워 먹어봐도 대충은 알 수 있다.

눈 내리는 밤

읽던 책을 덮습니다

눈이 내리기 때문입니다

좀 전만 해도 텅 비었던 하늘

홀랑 벗은 세상 백화만발합니다

굶었는데도 배가 고프지 않습니다

생각을 놓쳐버리게 하는 밤입니다

지금 내게의 세월은 치매앓이 중입니다.

혼몽함 즐기기

백열등을 켜고 내가 내게 밥상을 차려 줍니다
멀건 국물 속 낯선 얼굴 한 점이 눈 빤히 뜨고
대들듯 쳐다봅니다
숟가락 없이 젓가락만으로 국밥을 먹습니다
몇 년 전만해도 나에게도 식구가 있었습니다
한 술 떴더니 뱃속의 허기가 기겁을 해댑니다
셈해보니 내 일생 동안 가장
많이 먹은 건 건더기가 아닌 국물이었습니다
등불을 끄고 자리에 눕습니다
물렁해진 하늘이 허연 엉덩이를 들이 밉니다

눈이 얼마나 더 내릴지는 꿈결에 맡겨 둡니다.

사랑도 털갈이하네

난 물었다

왜
봄바람에 떠나려 하니?

넌 답했다

겨울 사랑
털갈이할 때가 되었거든요.

들여다보다가 종내는

네 앞에 내가 널 들여다본다
내 눈이 네 속으로 들어가자
네 가슴 들추고 빼꼼 엿본다
네 맘이 살그머니 보여진다
내 코가 네 살내를 맡는다
네 귀로 들어가 소리 듣는다
네 입에 들어가 입맛 다신다
맨 나중 우리는 하나가 된다.

산이 타이르시네

산이 '처럼'을 가르치네
돌을 던져도 화내지 말고
비가 퍼부어도 옮겨 앉지 말고
바람이 휩쓸어도 날아가지 말고
봄 여름 가을 겨울 사철
전천후를 호시절로 모시는
천연덕스러움 빼닮어라 하네
그럼 나도 사람이 아니고
늠름한 큰 산이 되어 버리겠네
산도 친구가 필요한가 보네
나 같은 인간을 곁에 붙들어 두려고
농담을 다 하시네.

하늘 아랫집

겨울 밤
길을 걷는데
비가 내린다

혼자 맞아서
더 많이
아픈
비

하늘이
내려앉으며
새파랗게 언다.

달빛과 동행

달이 촐랑촐랑 따라 오면서 비춘다
달빛에 충전된 다리가 거뜬거뜬해진다

등에 업힌 맘은 어지간히 헐거워졌고
가로등 불빛들도 사선으로 쏟아지며
술집서 튀어나온 능글맞은 바람들이
사타구니 사이로 들락날락 한다

자박거리며
밟히는 발자욱 소리가
복숭아뼈에 사정없이 들이받힐 때마다
가뭇없이 흩어지는 달빛 그림자.

세월에게

좀
천천히 가잔 말이다
하루 한 뼘씩 줄어가는데
너무 지근거리다 말이다

혹
그럴 리도 없겠지만
저승에서라도
다시 만나거든
아는 체는 하잔 말이다

뭔
웬수졌다고
뒤 한 번 안 돌아보고
내빼듯 가냔 말이다.

마음 혼자 가네

몸은 두고 마음 혼자 가네

배꼽 밑에는
따순 삶 한 자락 깔고
등 위에는 멀쩡한 꿈 한 덩이 업고

달랑
하룻길
허공의 품에 안겨 휘저어 가네.

엄마 밥

갓 푼
따끈따끈한 이팝에
갓 짠
참기름 한 방울
톡 쳐
조선간장 살푼 떨어트려
싹 싹 비벼
혀끝에 쪽쪽 빨아 먹여주시던
엄마밥
그 맛
다 늙어 지금에사 깨물리네

무작정 시

대숲 속에 웅성이는 소리가 장난아니다
사람의 입처럼 쉬지 않고 와글와글 한다

말 못 하고 죽은 귀신들이 되살아났는지
여럿이 떠들고 혼자서도 쫑알거리고
닦은 잇빨 딱딱이며 귀신과 입 맞춰 소근소근해대며
한 세상 내내 지껄이다 간다

대나무가
자기 속통을 비워두는 건
여태껏 먹고 자란 바람에게 제 속을 내주는 것

내가 한 줄의 시를 써는 건
하늘과 땅 눈과 비 산과 강 한 방울의 이슬에게
내 얇은 속내를 하나도 안 감추고
무작정 보여주는 것

한 세상 빌려 살면서
무료임대 무단출입 돌출행동 무소불위 해대는데
보태어 더불어준 사람들에게 깨춤을 춰주는 것.

참만큼 더 참한 시 없더라

참은
참뜻의
본디고 애초다
참꽃 참나무 참나물 참기름 참숯 참돔
참나리 참깨 참죽 참빗 참대 참비름
더는 알지 못 하지만
개딸 개국지 개쑥떡 개차반 개나리 개비름
등등등과는 다르다
참 마음으로 지긋해보면
참한 시상 반짝 떠오를 때 있더라.

해 지는 먼 산 풍경

어둠이 들고양이처럼 살금살금 깃든다
낮고 깊은 쪽에서 부터 먹칠이 시작되어
어렴풋해지는 등성에 드문드문 찍혀지며
밟혀지는 검은 발자욱 행렬이 서슬 꺼멓다
머리 위 깊게 떠있는 까마득한 하늘에서는
가에서 부터 공터가 넓어지는 끄트머리에
샛별들이 하나 씩 태어나며 반짝거리기에
쓸던 마당비를 담벼락에 털썩 기대 세우고
빈 손에 묻은 잔바람들을 탁 탁 털어 낸다
겨울오신다고 미리 길 내느라 그러하는지
듬성듬성한 잎들 사이가 울긋불긋 성글다.

신바람 났네

한 잔 하자는 전화 받고
한 다리 두 다리 들고 잽싸게 뜀박질 치는데
걸음 보다 마음이 앞서면서
바람조차 쫓아오지 못하고
허깨비처럼 거꾸러질 때마다
덩달아 가로수들도 이리저리 쓰러지며
신바람 타는 허공을 디디며
니들 거기 있을 때까지에 도달코져
깔그막을 오른 듯
깔딱깔딱 해댄다.

몸살

덜컹덜컹
열 받아야 출 수 있는 광란의 춤

무사한지
슬며시 몸 안에 손을 넣어 본다
들끓는 회오리가 소용돌이친다

무슨 악영향 어디서 받았는지
몸 둘 바 몰라 방구석을 헤맨다.

물 같은 아님 맘 같은

틈만 나면 구멍만 생기면
비집고 들어 가 질질 새는 물

너만 보면 혈안이 되는 내 성정

백만 시간 전에 딱 한 번 눈맞춤

바투 뛰게끔 닦달해대는 성깔

강물은 수구초심
흐르고 흘러 끝내 바다에 안긴다.

잘 익는 연습

된장이 된장되기를 할 때
둥그런 장독 속에 꽉 꽉 들어 차
밤이나 낮이나 흐리나 맑거나
비오나 눈 오나 숙성된 뭉근함
사람의 평생도 속이 싹히고 발효되는
긴 세월 오랜 인고하여
오로지 드디어 끝끝내 은인자중
잘 늙은 깊은 맛 풍겨 보겠네
사람의 삶이 절체절명 그러하여
내내 늙는 연습만 하다 죽겠네.

사랑이 애태우는 이유

해도 안 해도
애달픈 게 사랑 아니더냐

사랑이 삶이고
삶이 사랑인 것을
종내 가서 깨치지 않더냐

사랑 앞에는
장사가 없는 법이라잖더냐.

애잔한 것들 화들짝하네

찬 유리창에 달라붙은 성에가 중태기 눈알 같네
손톱만한 눈을 치뜨고 해 돋는 세상을 담고 있네
누가 저 아린 것들 지들 맘대로 눈바래기 시키네
간밤 첫 서리 척후병으로 와서 살피고 갔나보네
소스라쳐 잡혀 황급히 조우되는 겨울 아침이네
곤두박질 친 기온 세상의 처음처럼 화들짝하네
찬 이름도 낯선 얼굴도 애잔하게 얼어서 붙었네.

파도

수평선이 지평선과 한판 붙었네
먹구름 떼들이 깡바람 떼들과
주먹질하느라 야단법석을 떨자
놀란 파도가 시퍼런 지느러미를 쳐들고
철퍼득이고 있네

하늘과 바다가 치고 받고
서로 두들겨 패느라 퍼덩덩 퍼덩덩이며
시푸르둥둥 멍들고 있네.

언짢아도 하는 수 없다

얼굴 두꺼운 자가 속 좁은 사람 나무란다
좀 뻔뻔하게 살란 말이다
주변의 귀띔을 들은 체 만 체 하다가
큰 코 다친 친구에게
턱을 들이대고 정신 바짝 차리란 말이다

오늘 점심에 곱빼기 짬뽕을 한 그릇 반 씩이나
게 눈 감추듯 하는 옆자리 늙은이를
멀건히 부러운 듯 쳐다보는 내 비좁은 소가지에게
제발 네 자신을 똑 바로 알란 말이다
빈둥빈둥 놀고 먹는 나무람을
소이부답하는게 창피하지도 않나 말이다.

황혼에 고하다

서산머리에 낙조가 올라앉는다

나는 시방
잘 익은 토마토 한 알 수돗물에 헹구는 중이다

조심스럽다
자칫 입맛 잘못 다셔 하늘을 더럽힐 수 있다

또는 새빨간
뜬소문이 자자하게 온 동네에 퍼질지도 모른다

인심이 반드시 맹랑만 하거나
세월이 무자비하기만 하는 건 절대로 아니다

내 생이나 저 노을이
온전히 저물기까지 시간이 다소 남았다.

지금은 신호대기 중

눈앞에 빨노파가 껌벅거리고 있네
시간에 억울하게 뒤지지 않으려면 다잡아
가기는 가야 하는 데 길 위에 자꾸 서게 되네

생각이 갈대처럼 흔들리면서 멀뚱해지네
뒤에서 빵빵거리며
가라 어서 가라말이다 호되게 경고를 치네

지금은 신호대기중이고 살날이 남아있기에
머뭇거리며 실소하게 되네
여름 뙤약볕 한가득 길 위에 널부러져 있네

몸 둘 바를 모르겠네.

별빛은 별에서 떨어진다

별빛이 떨어진다
별들아 별일 없느냐
반짝 반짝 반짝 정신없다
떨어지는 것은 아래로만 길이다

별도 어쩔 수 없어
하늘 자락을 바투 잡고 벌벌벌
별 수 없이 떨고 있다

아하
별에서 떨어지는 현기증들을
별빛이라 하나보다.

백주대낮 염천 속으로

염천 백주대낮 호랑이듯 노려보고 있다
무슨 염탐을 하는지
지글지글 타는 눈빛이다
시방 나는 외출을 꼭 해야 하기에
맞닥트려 한판 떠야 할 것인가
요령껏 뒷골목으로 살금살금 방귀 새듯
날래 사라져 줄 것인가
삶에는 꼭 봐야 되는 뜨거운 맛이 있고
세상사 맘대로 안 된다는 것을 경험만은 알고 있다
지금 시간대는 어지간한 것들 다
축 늘어져 식용유에 어묵 튀겨지듯
쫄고 있는 중이다.

입춘 지난 지상에

새봄이
동토 틈새로 촉수를 내밀고
더듬더듬
초록색 세상을 만들어 가며
요술쟁이처럼
형형색색 꽃들을
흐드러지게 피워내고
비탈을 오르려는 바람도
서너 번씩
온몸을 움직여
늘어진 기지개를 켜고 있다.

밀어내고 밀어 넣고

나무가 나뭇가지들을 몸 밖으로 쑥쑥 밀어내고 있네
머리를 하늘로 빳빳이 세우고 다리에 힘줄이 탱탱해져
땅속에 발기들을 밀어 넣으며 산고의 진통 견뎌내느라
비지땀 흘리고 있는 와중에 춘풍이 허리춤 걷어 부치고
햇빛을 배달하느라 동동동 발을 구르며 내달리고 있네
무명의 숲들을 닦달하는 무섭도록 어기찬 봄이네 봄
세상의 만물들 신바람 났네 살맛들 났네.

종달이 우는 봄날

하늘에 매달려
간 떨어지게
노골노골
노고지리 운다

무심코
걷던
길
우두망찰한다.

창밖엔 빛과 어둠이 있다

밖에서 안을 들여다보면 그리움이 담겼고
안에서 밖을 내다보면 부러움이 수북하네
호얏불 밑 아슴아슴해지던 세상만사
백열등 아랫선 깨벗은 듯 환히 다 보여지네
창이란 빛과 어둠을 보는 또 하나의 눈이네
뭉텅이 뭉텅이로 굴러다니는 소싯적 추억들
인생의 화양연화가 음양의 둥지를 틀고 있네
오래된 기억엔 미처 거두지 못한 쪼가리들이
사선을 넘어서느라 이리저리 튕겨지고 있네
날마다 다 여느 날과 별반 다름없이 살아가네.

사람은 다 섬이다

혼자라서 다 외롭고 외롭다고 다 섬이냐

섬도 섬 나름 섬에도 꽃 피고 새 울더라

망망한 바다 아닌 첩첩한 뭍에도 섬은 있고

여럿 속이라서 더 외로워지는 섬도 있더라

사람은 누구나 어디에서나 다 섬이더라.